살아가는 일

살아 가는 일

자화상

Prologue

당신이 올해에는 조금 더 나아질 거라 말해주고 싶었어요.
추워죽겠다가도 어느새 날씨가 점점 풀리는 것을 느끼곤
어리둥절하기도 하겠지요. 그런가 하면 하루가 다르게
더워지는 날들에 짜증이 나고 내 마음과 다르게 쾌청한 날씨에
잔인함을 느끼며 갑자기 기분이 좋았다 나빴다 할 수 있겠지만….

또 돌이켜보면 흐릿하다가도 선명하고 어느 순간 반짝하기도 하는
풍요로운 한 해를 잘 지내왔고 또 지낼 거잖아요.
그렇게 어떻게 어떻게 살다가 문득 앞장을 들췄다면,
다시 말해주고 싶어요. 잘 지내고 있고 괜찮아질 거라고.

잘될 거고 점점 좋아지고 있다고.

MIN

MONTHLY PLAN

1	2	3	4
5	6	7	8
9	10	11	12

SUN	MON	TUE

WED	THU	FRI	SAT

1	2	3	4
5	6	7	8
9	10	11	12

SUN	MON	TUE

WED	THU	FRI	SAT

1 2 3 4
5 6 7 8
9 10 11 12

SUN	MON	TUE

WED	THU	FRI	SAT

1	2	3	4
5	6	7	8
9	10	11	12

SUN	MON	TUE

WED	THU	FRI	SAT

1 2 3 4
5 6 7 8
9 10 11 12

SUN	MON	TUE

WED	THU	FRI	SAT

1	2	3	4
5	6	7	8
9	10	11	12

SUN	MON	TUE

WED	THU	FRI	SAT

1	2	3	4
5	6	7	8
9	10	11	12

SUN	MON	TUE

WED	THU	FRI	SAT

1	2	3	4
5	6	7	8
9	10	11	12

SUN	MON	TUE

WED	THU	FRI	SAT

1	2	3	4
5	6	7	8
9	10	11	12

SUN	MON	TUE

WED	THU	FRI	SAT

1	2	3	4
5	6	7	8
9	10	11	12

SUN	MON	TUE

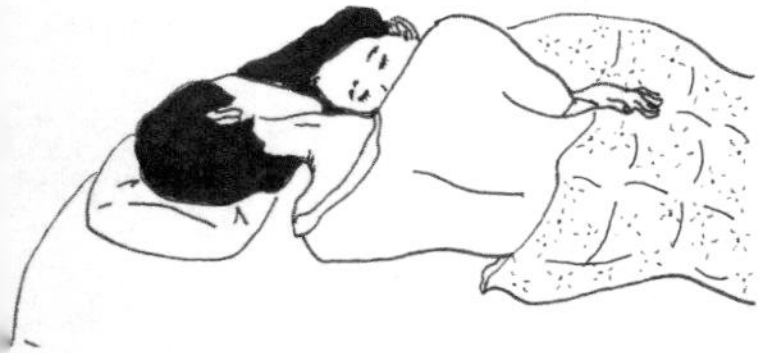

WED	THU	FRI	SAT

1	2	3	4
5	6	7	8
9	10	11	12

SUN	MON	TUE

WED	THU	FRI	SAT

1	2	3	4
5	6	7	8
9	10	11	12

SUN	MON	TUE

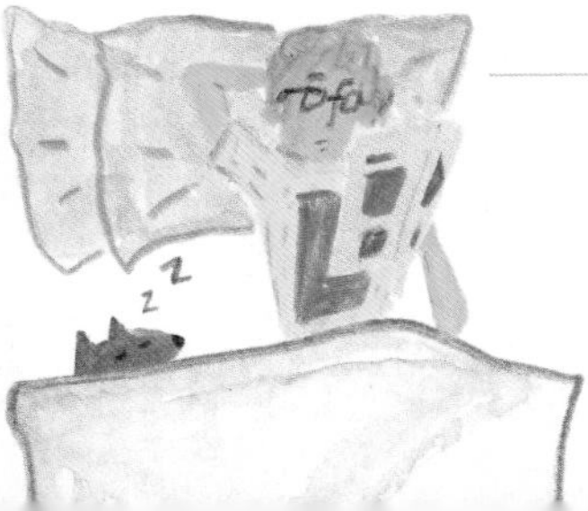

WED	THU	FRI	SAT

1	2	3	4
5	6	7	8
9	10	11	12

SUN	MON	TUE

WED	THU	FRI	SAT

1	2	3	4
5	6	7	8
9	10	11	12

SUN	MON	TUE

WED	THU	FRI	SAT

1	2	3	4
5	6	7	8
9	10	11	12

SUN	MON	TUE

WED	THU	FRI	SAT

WEEKLY PLAN

SUN	MON
TUE	WED

THU

FRI

SAT

MEMO

SUN

MON

TUE

WED

THU

FRI

SAT

MEMO

SUN	MON

TUE	WED

THU

FRI

SAT

SUN	MON

TUE	WED

THU

FRI

SAT

MEMO

SUN	MON

TUE	WED

THU

FRI

SAT

SUN	MON

TUE	WED

THU

FRI

SAT

MEMO

SUN	MON

TUE	WED

THU

FRI

SAT

SUN	MON
TUE	WED

THU

FRI

SAT

MEMO

SUN

MON

TUE

WED

THU

FRI

SAT

SUN

MON

TUE

WED

THU

FRI

SAT

MEMO

SUN	MON

TUE	WED

THU

FRI

SAT

MEMO

SUN

MON

TUE

WED

THU

FRI

SAT

MEMO

SUN

MON

TUE

WED

THU

FRI

SAT

SUN	MON
TUE	WED

THU

FRI

SAT

MEMO

SUN

MON

TUE

WED

THU

FRI

SAT

MEMO

SUN	MON
TUE	WED

THU	FRI
SAT	MEMO

SUN	MON

TUE	WED

THU

FRI

SAT

SUN	MON
TUE	WED

THU

FRI

SAT

SUN	MON

TUE	WED

THU

FRI

SAT

MEMO

SUN	MON
TUE	WED

THU

FRI

SAT

MEMO

SUN	MON

TUE	WED

THU

FRI

SAT

SUN

MON

TUE

WED

THU

FRI

SAT

MEMO

SUN	MON

TUE	WED

THU

FRI

SAT

SUN	MON

TUE	WED

THU

FRI

SAT

MEMO

SUN	MON
TUE	WED

THU

FRI

SAT

SUN	MON
TUE	WED

THU

FRI

SAT

MEMO

SUN	MON
TUE	WED

THU

FRI

SAT

MEMO

SUN

MON

TUE

WED

THU

FRI

SAT

MEMO

SUN	MON
TUE	WED

THU

FRI

SAT

SUN

MON

TUE

WED

THU

FRI

SAT

MEMO

SUN

MON

TUE

WED

THU

FRI

SAT

MEMO

SUN	MON

TUE	WED

THU

FRI

SAT

MEMO

SUN	MON

TUE	WED

THU

FRI

SAT

SUN	MON

TUE	WED

THU

FRI

SAT

MEMO

SUN	MON

TUE	WED

THU

FRI

SAT

MEMO

SUN	MON
TUE	WED

THU	FRI
SAT	MEMO

SUN	MON

TUE	WED

THU

FRI

SAT

MEMO

SUN

MON

TUE

WED

THU

FRI

SAT

MEMO

SUN	MON

TUE	WED

THU

FRI

SAT

SUN	MON

TUE	WED

THU

FRI

SAT

MEMO

SUN	MON
TUE	WED

THU	FRI

SAT	

SUN	MON
TUE	WED

THU

FRI

SAT

MEMO

SUN	MON

TUE	WED

THU

FRI

SAT

SUN	MON

TUE	WED

THU

FRI

SAT

SUN	MON

TUE	WED

THU

FRI

SAT

SUN	MON

TUE	WED

THU

FRI

SAT

MEMO

SUN	MON

TUE	WED

THU

FRI

SAT

MEMO

SUN	MON
TUE	**WED**

THU

FRI

SAT

MEMO

SUN	MON

TUE	WED

THU

FRI

SAT

MEMO

SUN	MON

TUE	WED

THU

FRI

SAT

MEMO

SUN	MON
TUE	WED

THU

FRI

SAT

SUN

MON

TUE

WED

THU

FRI

SAT

MEMO

SUN	MON

TUE	WED

THU

FRI

SAT

MEMO

SUN	MON

TUE	WED

THU

FRI

SAT

MEMO

SUN	MON

TUE	WED

THU

FRI

SAT

SUN

MON

TUE

WED

THU

FRI

SAT

MEMO

SUN	MON
TUE	WED

THU

FRI

SAT

MEMO

SUN

MON

TUE

WED

THU

FRI

SAT

SUN

MON

TUE

WED

THU

FRI

SAT

SUN	MON
TUE	WED

THU

FRI

SAT

MEMO

SUN	MON

TUE	WED

THU

FRI

SAT

SUN

MON

TUE

WED

THU

FRI

SAT

MEMO

SUN	MON

TUE	WED

THU

FRI

SAT

MEMO

SUN	MON

TUE	WED

THU

FRI

SAT

MEMO

SUN

MON

TUE

WED

THU

FRI

SAT

MEMO

SUN	MON

TUE	WED

THU

FRI

SAT

MEMO

SUN	MON
TUE	WED

THU

FRI

SAT

MEMO

SUN	MON

TUE	WED

THU

FRI

SAT

MEMO

SUN	MON

TUE	WED

THU

FRI

SAT

SUN

MON

TUE

WED

THU

FRI

SAT

MEMO

SUN	MON

TUE	WED

THU

FRI

SAT

MEMO

SUN	MON
TUE	WED

THU

FRI

SAT

MEMO

NOTE

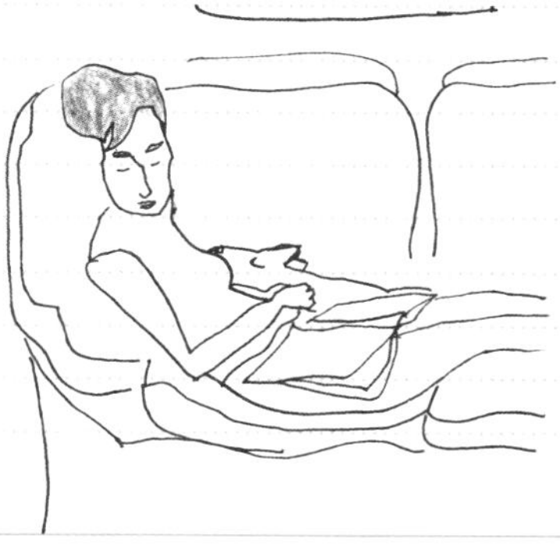

K.H

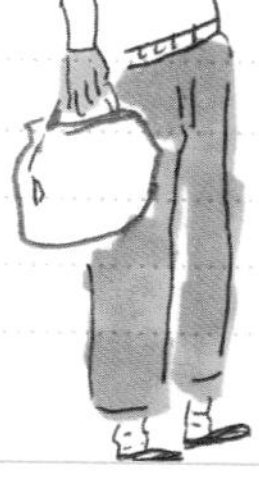

NORDIC PASS

살아 가는 일

초판 1쇄 발행 2017년 11월 30일
초판 2쇄 발행 2017년 12월 15일

지은이 민경희
책임편집 조혜정
디자인 그별
펴낸이 남기성

펴낸곳 자화상(프로젝트A)
제작 데이타링크
출판사등록 신고번호 제 2016—000310호
주소 서울특별시 마포구 잔다리로3안길 29, 지층 1호
대표전화 (070) 7555—9653
이메일 sung0278@naver.com

ISBN 979-11-88345-28-1 02800
값 15,800원

이 도서의 국립중앙도서관 출판예정도서목록(CIP)은 서지정보유통지원시스템 홈페이지(http://seoji.nl.go.kr)와 국가자료공동목록시스템(http://www.nl.go.kr/kolisnet)에서 이용하실 수 있습니다.(CIP제어번호: CIP2017030902)